Proyecto y coordinación editorial: Teresa Tellechea

© De las adaptaciones de los cuentos: Carlos Reviejo, 2013
© De las ilustraciones: Federico Delicado, 2013
© Ediciones SM, 2013
    Impresores, 2
    Urbanización Prado del Espino
    28660 Boadilla del Monte (Madrid)

ATENCIÓN AL CLIENTE
Tel: 902 12 13 23
Fax: 902 24 12 22
clientes@grupo-sm.com

ISBN: 978-84-675-6358-0
Depósito legal: M-21463-2013
Impreso en la UE / *Printed in EU*

Veinte cuentos clásicos

Adaptaciones de los cuentos: Carlos Reviejo
Ilustraciones de Federico Delicado

~ *Caperucita Roja* ~

Esto era una niña tan cariñosa que todo el mundo la quería.

Una vez, tal vez el día de su cumpleaños, su abuela le regaló una caperuza roja de terciopelo. Tanto se la ponía y tan bien le sentaba que todo el mundo conocía a la niña con el nombre de Caperucita Roja.

Una mañana, su madre le dijo:

–Caperucita, la abuela está enferma. Así que le vas a llevar en esta cesta un queso, un pastel y una jarrita de miel. Pero no te entretengas y, sobre todo, no te apartes del camino.

–Así lo haré, mamá –dijo Caperucita. Y se marchó con la cestita.

La casita de la abuela estaba al otro lado del bosque. Cuando la niña había recorrido la mitad del camino, apareció el lobo. Caperucita, que no sabía nada de lo peligrosos que eran los lobos, no se asustó.

–¡Buenos días, Caperucita! –saludó muy amable el lobo.

–¡Buenos días! –contestó la niña.

–¿Adónde vas tan temprano?

–A ver a mi abuelita, que se encuentra enferma.

–¿Y qué llevas en esa cesta? –siguió preguntando el lobo.

–Un quesito, un pastel y una jarrita de miel.

—Y dime, Caperucita, ¿vive muy lejos tu abuela?

—En la casita del otro lado del bosque, junto a los tres grandes robles —contestó Caperucita.

El lobo pensó que la niña era un bocado tierno, pero que tampoco era cuestión de despreciar a la abuela. Así que dijo:

—Yo también quiero hacer una visita a tu pobre abuela. Vamos a hacer una cosa. ¿Ves estos dos caminos? Pues los dos llevan a la casa del otro lado del bosque. Yo me iré por este camino, que es el más largo, y tú te irás por ese, que es el más corto, y de esa forma podrás entretenerte un poco y cortar un ramo de flores para tu abuelita.

Y el lobo, sin perder más tiempo, se marchó directamente a la casa de la abuela y llamó a la puerta.

—¿Quién es? —preguntó una voz desde dentro.

—Soy yo, abuelita: Caperucita Roja, tu nietecita —contestó el astuto lobo disimulando la voz.

—Empuja y entra. La puerta no está cerrada con llave.

Y el lobo entró y, sin mediar palabra, se tragó de un solo bocado a la pobre anciana sin que pudiera decir esta boca es mía. Luego se puso su camisón y su gorro de dormir, corrió las cortinas para que se le viera menos, y se metió en la cama.

Caperucita Roja se había entretenido en el camino cogiendo flores y persiguiendo mariposas. Cuando llegó a la puerta de la casa, llamó.

—¿Quién es? —dijo el lobo imitando la voz de la abuela.

—Soy yo: Caperucita Roja, tu nieta. Vengo a traerte un queso, un pastel y una jarrita de miel.

—Empuja y entra, nietecita. La puerta no está cerrada con llave.

La niña entró, fue hasta la habitación y dejó la cestita sobre una mesa. Luego miró a la que creía su abuela y, como la encontró un poco rara, dijo:

—Abuela, qué orejas más grandes tienes.

—Son para oírte mejor.

—Abuela, qué ojos más grandes tienes.

—Son para verte mejor, nietecita.

—Abuela, qué brazos más grandes tienes.

—Son para abrazarte mejor, mi querida Caperucita.

—Abuela, qué boca más grande tienes.

—¿Que qué boca más grande tengo? ¡Es para comerte mejor! —exclamó el lobo. Y, dando un salto, salió de la cama y se tragó a Caperucita.

Después de haberse comido a la abuela y a Caperucita, el lobo, satisfecho, tuvo sueño y se volvió a meter en la cama. Se quedó dormido como un tronco, y los ronquidos que daba eran tan grandes que los oyó un cazador que pasaba por allí. "¡Hay que ver cómo ronca la abuela!", dijo para sí el cazador. Y, pensando que pudiera pasarle algo, entró en la casa y descubrió al lobo dormido en la cama. "Aquí se acabaron tus maldades, lobo perverso", pensó, al tiempo que le apuntaba con su escopeta. Pero como vio moverse algo en la barriga del lobo, se imaginó lo que había pasado y, con un gran cuchillo, lo abrió de arriba abajo, sin que el lobo se diera cuenta. Primero salió Caperucita Roja, saltando y brincando de alegría, y después la abuela. Luego llenaron la tripa del lobo con unas piedras muy grandes y, cuando este despertó y quiso huir, con el peso de las piedras, cayó rodando y se mató.

Todos quedaron muy contentos: el cazador, que se quedó con la piel del lobo; la abuelita, que se comió el queso, el pastel y la miel, y Caperucita Roja, que había aprendido que es bueno seguir los consejos de los mayores.

❧ *Los tres cerditos* ❧

Esto era una vez una vieja cerda que tenía tres cerditos a los que ya no podía mantener.

Un día, con mucha tristeza, los mandó a ganarse la vida por esos caminos de Dios.

El primer cerdito se encontró a un hombre que estaba trillando trigo y le pidió un poco de paja. El hombre se la dio y el cerdito construyó una casa con ella.

Al poco, llegó el lobo.

—Cerdito —dijo con voz de trueno—, déjame entrar en tu casa.

—¡Aléjate, lobo, que no quiero cuentas contigo! —le contestó el cerdito.

—Pues soplaré y soplaré y tu casa derribaré.

Y sopló y sopló, la casa derribó y al primer cerdito se comió.

El segundo cerdito se fue por otro camino. Al rato, vio a una mujer que llevaba un burro cargado de ramas secas y le pidió que le diese algunas. La mujer se las dio y el cerdito se construyó una casa con ellas.

Entonces, llegó el lobo y llamó a la puerta.

—Cerdito, déjame entrar en tu casa.

—¡Que te has creído tú eso! —contestó el cerdito.

–Pues soplaré y soplaré y tu casa derribaré.

Y sopló y sopló, la casa derribó y al segundo cerdito se comió.

El tercer cerdito pasó por una alfarería donde fabricaban ladrillos y pidió al dueño que le diera algunos. El dueño se los dio y con ellos se construyó una casa.

El lobo, que después de haberse comido a los otros dos cerditos se había aficionado a la carne de cochinillo, llamó a la puerta.

–Cerdito, déjame entrar en tu casa.

–Lobo, no te abriré la puerta –dijo el cerdito.

–Pues soplaré y soplaré y tu casa derribaré.

Y sopló y sopló y la casa no derribó. Y, aunque lo intentó muchas veces, lo único que consiguió fue quedarse sin aliento. Claro que el lobo no se dio por vencido y cambió de táctica.

—Cerdito, conozco un campo de remolachas muy cerca de este lugar —dijo con voz melosa—. Mañana a las cinco de la mañana me pasaré por aquí para que vayamos juntos a cogerlas.

—Aquí te esperaré —le respondió el cerdito.

Pero el cerdito, que era muy listo y sabía que lo que quería el lobo era comérselo, una hora antes de las cinco, fue al campo y cogió un saco de remolachas.

A las cinco en punto llegó el lobo.

—Ya estoy aquí, cerdito. ¿Vamos a por las remolachas?

—Vete tú solo —replicó el cerdito—. Yo ya he ido a por ellas y me estoy haciendo una buena sopa.

El lobo disimuló su rabia y le propuso:

—Conozco un manzano al lado de la casa de un campesino. Mañana a las cinco de la mañana vendré a llamarte para que vayamos juntos.

—Aquí te estaré esperando —le contestó el cerdito.

Y el cerdito, una hora antes de la hora convenida, fue a por las manzanas. Se subió a la rama más alta del manzano, y allí estaba cuando llegó el lobo, que se había adelantado un poco.

—Hola, cerdito, ya veo que estás aquí —saludó el lobo, relamiéndose y pensando que al fin aquel cerdito iba a acabar sirviéndole de comida.

—¿Quieres una manzana? —preguntó el cerdito. Y tiró una lo más lejos del árbol que pudo.

Cuando el lobo fue a por la manzana, el cerdito bajó del manzano a toda velocidad y se fue a su casa sin que el lobo pudiera alcanzarlo.

El lobo, que estaba furioso y se moría de ganas de comérselo, siguió insistiendo:

—Mañana hay mercado en la ciudad. Si no quieres ir solo, yo te acompañaré. Vendré a las cinco a buscarte.

—Aquí estaré —replicó el cerdito.

Igual que las otras veces, el cerdito, antes de la hora señalada, fue a la ciudad y compró un tonel para la manteca. Cuando regresaba vio que el lobo venía por el camino en sentido contrario y se metió en el tonel. En esos momentos, sopló el viento y el tonel rodó por el camino y atropelló al lobo.

Al día siguiente, el lobo se acercó cojeando a la casa del cerdito.

—Mira cómo me han puesto —le contó al cerdito—. Hoy, cuando iba al mercado de la ciudad, un barril de manteca me ha atropellado.

El cerdito se rio y le dijo burlón:

—Pues el que iba dentro del barril era yo.

Entonces, el lobo se enfadó tanto que decidió acabar de una vez por todas con aquel cerdito que se estaba burlando de él.

De un salto se subió al tejado y se fue hasta la boca de la chimenea.

El cerdito, con toda tranquilidad, atizó el fuego en el que tenía puesta una caldera llena de agua y esperó. Al poco tiempo, el lobo se deslizó por el tiro de la chimenea, cayó justo en la caldera y, como el agua estaba hirviendo, se abrasó.

Por fin, el cerdito pudo vivir tranquilo y dedicarse a tocar la flauta, que era lo que más le gustaba, después de las remolachas y las manzanas, claro.

Y como el lobo ya murió, este cuento se acabó.

Ricitos de Oro y los tres osos

En lo más profundo de un bosque, vivía feliz y tranquila, en su casita de madera, una familia de osos: Papá Oso, Mamá Osa y su hijo Osín.

Aquel día se disponían a comer, pero como la sopa estaba muy caliente, decidieron dar un paseo mientras se enfriaba. Salieron al porche de la casa y Papá Oso cogió su trompeta; Mamá Osa, su violín, y el oso pequeño, su tambor. Y los tres, alegremente, se marcharon por un sendero tocando su melodía favorita.

No habían hecho más que salir los tres osos, cuando llegó a la casa una niña a la que todos llamaban Ricitos de Oro porque tenía los cabellos rizados y dorados como el sol. Ricitos de Oro, sin permiso de sus padres, había salido a pasear por el bosque y, sin saber cómo, se había perdido. Al ver la puerta abierta, entró. Como tenía mucha hambre, la boca se le hizo agua al ver sobre la mesa del comedor tres platos de humeante sopa de leche y miel: uno era muy grande, otro mediano y otro pequeño.

Probó la del plato grande, pero encontró la sopa demasiado caliente.

Probó la del plato mediano y le pareció demasiado fría. Luego probó la del plato pequeño, y tan buena la encontró que se la comió toda, sin dejar una sola gota.

Después, como estaba cansada, buscó dónde sentarse y vio tres sillas: una muy grande, otra mediana y otra pequeñita.

Se sentó en la silla grande, pero era demasiado alta para ella.

A continuación se sentó en la silla mediana y seguía siendo alta.

Luego se sentó en la pequeña y la encontró muy cómoda, pero como era tan pequeña, con el peso se rompió en mil pedazos.

Repuesta del susto, subió al piso de arriba y encontró tres camas: una muy grande, otra mediana y otra pequeñita.

Se tumbó en la cama grande y la encontró muy dura.

Se tumbó después en la mediana y la encontró demasiado blanda.

Por último, se tumbó en la pequeña y la halló tan cómoda que se quedó dormida al momento.

No tardaron en regresar los tres osos, que venían pensando en su deliciosa sopa de leche y miel. Papá Oso colgó su trompeta; Mamá Osa, su violín, y el oso pequeño, su tambor, y entraron en la casa.

—¡Alguien ha probado mi sopa! —dijo con voz de trueno Papá Oso al entrar en el comedor.

—¡Alguien ha probado también la mía! —dijo sorprendida Mamá Osa.

—¡Pues alguien se ha comido mi sopa! —gimoteó Osín.

Luego miraron sus sillas y...

—¡Alguien se ha sentado en mi silla! —vociferó Papá Oso.

—¡Alguien se ha sentado también en la mía! —chilló Mamá Osa.

—¡Pues alguien se ha sentado en mi sillita y la ha roto! —dijo llorando Osín.

Y subieron los tres a la habitación.

—¡Alguien se ha acostado en mi cama! —gritó Papá Oso.

—¡Alguien se ha acostado también en la mía! —regruñó Mamá Osa.

—¡Alguien está dormido en mi camita! —dijo asustado Osín.

Con las voces, Ricitos de Oro se despertó y, al ver tan furiosos a los tres osos, bajó los peldaños de la escalera de dos en dos y salió por la puerta sin mirar para atrás, hasta perderse por el sendero.

Desde entonces, Ricitos de Oro no volvió a adentrarse en aquella parte del bosque. Y los tres osos vivieron tranquilos sin que nadie los molestara. Todos los días, después de tocar su melodía favorita, comían un plato de sopa de leche y miel, y a nosotros nos dieron en los morros con él.

⚬⟞ *Los siete cabritillos* ⟝⚬

Érase una vez una cabra que tenía siete cabritillos. Una mañana reunió a los siete y les dijo:

—Me marcho al monte a por comida y leña. No abráis a nadie. Cuando vuelva, para que sepáis que soy yo, diré: "Abrid, hijitos, que soy vuestra mamaíta que os traigo leche en las tetitas y leña en las cornetitas".

Y como los siete le aseguraron que no abrirían a nadie, se fue tranquila.

Pero un lobo que por allí pasaba lo oyó todo y, en cuanto la cabra se alejó, se acercó a la casa y dijo:

—Abrid, hijitos, que soy vuestra mamaíta que os traigo leche en las tetitas y leña en las cornetitas.

—No te abriremos —contestaron los cabritillos—, que tú eres el lobo. Nuestra madre tiene la voz aguda y tú la tienes muy ronca.

El lobo corrió hasta una granja que había por aquellos alrededores y le dijo al granjero:

—¡Rápido, granjero, dame dos docenas de huevos!

El granjero, asustado, se las dio, y el lobo se fue comiendo todos los huevos crudos hasta que se le aclaró la voz. Luego corrió hasta la casa de los cabritillos.

—Abrid, hijitos —dijo con una voz muy suave—, que soy vuestra mamaíta que os traigo leche en las tetitas y leña en las cornetitas.

Al oír aquella voz tan suave creyeron que era mamá cabra, y ya iban a abrir cuando vieron las patas del lobo debajo de la puerta.

—No te abriremos —dijeron los cabritillos—, que tú eres el lobo. Nuestra madre tiene las patitas blancas y tú las tienes muy negras.

Y el lobo, echando espuma por la boca, se fue corriendo hasta un molino que había a la orilla de un río.

—¡Rápido, molinero, úntame las patas de harina! —gritó el lobo.

El molinero, aterrorizado, le rebozó las patas con harina, y el lobo corrió a la casa de los cabritillos.

—Abrid, hijitos —dijo el lobo—, que soy vuestra mamaíta que os traigo leche en las tetitas y leña en las cornetitas.

—¡A ver, enséñanos las patitas! —dijeron los cabritillos.

El lobo enseñó sus patas y los cabritillos, al verlas tan blancas, creyeron que era su madre y abrieron la puerta.

¡Pobres cabritillos! Al ver al lobo trataron de esconderse debajo de la cama, en los armarios, bajo las alfombras... Pero el lobo —a este quiero, a este también—, se los fue tragando uno a uno.

Nadie puede imaginarse el sufrimiento de mamá cabra cuando, al regresar, se encontró con todo revuelto y no vio a ninguno de sus hijitos. Comenzó a llorar desconsoladamente y a llamarlos a voces.

—¡Mamá, mamá! —se oyó una voz.

Era el más pequeño de los cabritillos, que se había metido en la caja del reloj, donde el lobo no pudo encontrarlo. Se abrazó a mamá cabra y le contó lo que les había pasado. Sin perder tiempo, cogieron unas tijeras, unos hilos y una aguja, y se marcharon los dos corriendo en busca del lobo.

Junto a un pozo, dormido y roncando, encontraron al perverso animal. Con mucho cuidado, mamá cabra abrió la tripa del lobo con las tijeras y, uno a uno, fueron saliendo los seis cabritillos. Luego, le metió seis piedras del tamaño de los cabritillos, le cosió la tripa y se escondió con sus siete cabritillos detrás de una roca.

Al poco tiempo, el lobo se despertó.

–¡Qué mal me han sentado los cabritillos! ¡Me arde el estómago y tengo una sed horrible! –dijo. Se acercó tambaleándose al pozo y, con el peso de las piedras, se cayó y se ahogó.

Mamá cabra y los siete cabritillos se cogieron de las pezuñas y comenzaron a jugar al corro y a cantar llenos de alegría:

A seis de nosotros
el lobo comió,
pero mamá cabra
su barriga abrió,
y dentro de un pozo
el lobo se ahogó.

⤙ El gato con botas ⤚

Cuentan que en cierto lugar de un lejano reino murió un molinero que tenía tres hijos.

Al mayor le dejó el molino; al mediano, un asno, y al menor, un gato.

—Mis hermanos, con el molino y el asno, podrán ganarse el sustento —dijo para sí el hijo menor—, pero yo ¿qué puedo hacer con un gato?

—Deja de lamentarte, amo —le dijo el gato, que estaba oyéndolo—. Dame unas botas y confía en mí. Ya verás como no te irá tan mal.

Como el hijo menor del molinero pensó que con hacer lo que le pedía el gato no tenía nada que perder, le proporcionó unas viejas botas, que el gato se calzó al instante. Una vez calzado, cogió un saco y salió corriendo hacia el monte. Sin muchas dificultades, cazó dos hermosos conejos y se los llevó al rey.

—Majestad, el marqués de Carabás os envía este obsequio.

El rey, aunque no recordaba a ningún marqués con ese nombre, dio las gracias por el presente.

Otro día le llevó unos faisanes; en otra ocasión, unas perdices, y así sucesivamente. Durante unos meses, el gato visitó con frecuencia el palacio llevando regalos al rey, siempre en nombre del marqués de Carabás.

Un día que el gato supo que el rey iría a pasear en su carroza por la orilla del río, le dijo a su amo:

—Desnúdate y métete en el agua y espera.

—¿Para qué? —preguntó sorprendido el hijo del molinero.

—No preguntes y haz lo que te digo —insistió el gato.

El hijo del molinero, aunque no estaba muy convencido, se desnudó y se metió en el agua. Al rato, se vio venir la carroza real y el gato comenzó a gritar:

—¡Socorro, socorro! ¡Mi amo, el marqués de Carabás, se ahoga!

El rey, al ver que quien gritaba era el gato que le llevaba las piezas de caza, ordenó a sus criados que ayudaran al marqués y que le proporcionaran el mejor de los trajes que llevara en su guardarropa. Luego, le invitó a subir a la carroza y se lo presentó a su hija, al mismo tiempo que le agradeció los muchos regalos que le había enviado.

Había que reconocer que el hijo del molinero, vestido con aquellos ricos trajes, resultaba un joven guapo y elegante, por lo que la princesa le miró con muy buenos ojos.

Mientras tanto, el gato se había adelantado y se fue encontrando con distintos grupos de campesinos, a los que dijo:

—Cuando pase el rey, si os pregunta de quién son estas tierras, debéis decir que del marqués de Carabás. Si así lo hacéis tendréis una buena recompensa, pero si no lo hacéis así recibiréis un castigo.

Y, efectivamente, al pasar junto a un prado en el que unos campesinos segaban hierba, el rey preguntó:

—Buenas gentes, ¿de quién son estos hermosos prados?

—Del marqués de Carabás, señor —dijeron todos a coro.

Más tarde pasaron por un extenso campo de trigo en el que trabajaban varios segadores, y el rey les preguntó:

—Segadores, ¿de quién son estos campos de trigo?

—Del marqués de Carabás, señor —dijeron todos a una.

Pero el gato no perdía el tiempo y, mientras esto sucedía, se llegó hasta el castillo del dueño de todas aquellas tierras, que en realidad era un ogro, y pidió ser recibido.

—Me han dicho —dijo el gato con voz zalamera— que vuestra magia es tan grande que os permite convertiros en cualquier animal que deseéis.

—Así es —le contestó el ogro, muy orgulloso—. Y para demostrártelo me convertiré en león.

Y al instante quedó transformado en un enorme león, que con sus rugidos asustó al gato.

El ogro, entre risas, recobró su forma. El gato se acercó y le dijo:

—Convertirse en un animal tan grande no es tan difícil. Lo que es imposible, y nadie ha conseguido, es convertirse en un animal de pequeño tamaño. Por ejemplo, ¡un ratón!

El ogro, soltando una tremenda carcajada, se convirtió en un diminuto ratón. Y el gato, sin dudarlo un momento, se abalanzó sobre él y se lo tragó de un bocado.

Al poco rato, se oyó el chirrido de las ruedas de la carroza real y el gato salió a la puerta del castillo.

—¡Majestad, sed bienvenidos al castillo del marqués de Carabás! —dijo con una gran reverencia.

El rey quedó encantado al ver las riquezas del marqués, o sea del joven, que no salía de su asombro al ver de lo que era capaz su gato.

Pasado algún tiempo, el hijo del molinero, convertido en marqués y dueño de un castillo y de todas las tierras de los alrededores, pidió la mano de la princesa y las bodas no tardaron en celebrarse.

El gato siguió viviendo al lado de su amo, al que solo pidió que le comprara unas botas nuevas y le dejara cazar ratones en los desvanes y sótanos del castillo. Y así vivió feliz hasta el final de sus días.

⤚ *El traje nuevo del emperador* ⤙

Érase una vez un país en el que reinaba un emperador tan presumido que estrenaba traje nuevo cada día, y algunos días, hasta dos.

De todas las partes del mundo le llegaban mercaderes con telas y otros útiles de sastrería: sedas de Oriente, linos de España, hilos de Holanda, algodones de Egipto, lanas del Kurdistán... Los sastres del reino no paraban un instante, y el emperador no cesaba de pedirles más y más novedades.

Enterados de esta manía, llegaron una mañana dos forasteros e hicieron saber por todas partes que ellos eran capaces de hacer trajes nunca vistos, con las telas más maravillosas y raras.

Naturalmente, esto llegó a oídos del presumido emperador, que al instante mandó que los llevaran a su presencia.

—Me han dicho que vosotros coséis trajes extraordinarios...

—Así es, Majestad. Nuestros vestidos son de tal calidad que podría decirse que son mágicos —dijo uno de los forasteros.

—¿Mágicos? —al emperador se le encandilaron los ojos.

—Sí, porque su tela solo puede ser vista por personas inteligentes y honradas —afirmó el segundo forastero.

El emperador, que se tenía en muy alta estima, pensó que él era inteligente y honrado y que no perdería nada con probar. Así que mandó que instalaran a aquellos sastres en una de las dependencias del palacio para que se pusieran a trabajar inmediatamente.

Y los avispados mercaderes prepararon sus talleres y telares, no sin antes pedir un anticipo por su trabajo y, sobre todo, según ellos, para poder comprar aquellas carísimas telas procedentes de un extraño lugar que nadie más que ellos conocía.

Pasaron algunos días y el emperador, intranquilo y deseoso de ver cómo iba el trabajo, visitó a los sastres. Estos movían los mecanismos de los telares, pero el emperador no veía tela alguna.

—Majestad —dijo uno de los mercaderes—, observad la calidad del paño, su trama y sus delicados colores.

El emperador seguía sin ver nada. Pero no podía decirlo, pues sería como confesar que no era ni inteligente ni honrado.

—¡Es maravilloso! —exclamó, haciendo de tripas corazón.

E hizo acudir a todos sus ministros y consejeros para que opinaran sobre la tela. Ninguno se atrevió a confesar que no la veía, pues todos temieron que, al decirlo, sus cargos peligraran por falta de inteligencia y de honradez.

—¡Algo nunca visto! —señaló el consejero encargado del protocolo.

—¡Extraordinario! ¡Qué tejido más delicado! —dijo el consejero del vestuario real.

Y así, uno a uno, fueron contando las excelencias y lo acertado de aquellas telas.

Ante aquello, el emperador, aunque poco convencido, dio el visto bueno y ordenó que confeccionaran cuanto antes el traje, pues quería estrenarlo el día de su cumpleaños.

Para las pruebas también hizo acudir a todos los consejeros, que siguieron alabando el tejido y la hechura del traje, que, según algunos, le sentaba como ninguno de sus mejores trajes. El emperador seguía sin ver nada. Se miraba al espejo y tan solo alcanzaba a ver su cuerpo desnudo. Más de una vez estuvo tentado de decirlo, pero ¿cómo iba a confesar su ignorancia?

Y llegó el gran día. A lo largo de las calles adornadas con banderas y gallardetes de todos los colores, la gente esperaba con curiosidad. Todos querían ver el traje nuevo del emperador, ese del que tantas cosas maravillosas habían oído decir.

El emperador, poco convencido porque él seguía sin ver nada, salió del palacio seguido de su comitiva. Los súbditos, al verlo desnudo, sudaron tinta. Pero al igual que los consejeros, no se atrevieron a decir lo que veían, o mejor lo que no veían, y gritaban con entusiasmo:

–¡Viva nuestro emperador! ¡Larga vida al emperador!

Hasta que un niño, subido sobre los hombros de su padre, gritó:

–¡Mirad, el emperador va desnudo!

Si la torre más alta de la ciudad se hubiera caído, no hubiera producido tanta impresión como aquellas palabras del niño. Las voces cesaron y todos agacharon la cabeza. El padre del niño, asustado, se puso de rodillas delante del emperador y le dijo:

–Perdonad, Majestad. Es solo un niño y no sabe lo que dice.

–Vergüenza nos tendría que dar a todos –dijo el emperador, tratando de ocultar sus vergüenzas–. Solo el niño, por ser niño, se ha atrevido a decir la verdad.

Avergonzados, emperador, comitiva y súbditos, con las cabezas gachas, se retiraron a sus hogares.

Cuando los guardias imperiales fueron a prender a los pícaros mercaderes, estos ya habían huido sin dejar rastro.

De algo sirvió aquel escándalo: el emperador aprendió a ser menos presumido, y sus consejeros y súbditos, a ser más sinceros y no temer a la verdad.

⚮ *La princesa y el guisante* ⚮

Esto era un príncipe que quería casarse, pero como era muy exigente no encontraba ninguna princesa que le pareciera bien.

Unas porque tenían pecas, otras porque su piel no era lo suficientemente rosada, otras porque el timbre de su voz no era de su agrado...

En fin, que ninguna de las princesas de los reinos que había visitado reunía todas las cualidades deseadas por el príncipe.

Los consejeros reales insistían en que el príncipe debería casarse cuanto antes, y cuando el rey y la reina se lo recordaban, él siempre decía:

—Yo quiero casarme, pero tiene que ser con una princesa de verdad.

Una noche de invierno, llovía a cántaros y el viento soplaba con fuerza. De pronto, llamaron a las puertas del castillo y, al abrir, vieron a una joven empapada de agua de los pies a la cabeza. Después de cambiarse de vestidos y comer algunos manjares, contó a la reina que era la princesa de un lejano país y que se había perdido cuando realizaba un viaje.

Como la reina no se fiaba de que lo que aquella joven decía fuese cierto, ella misma le preparó la cama con veinte colchones de plumón de ganso y sobre ellos otros veinte gruesos edredones. Y, con el fin de descubrir si era una auténtica princesa, colocó debajo de los colchones y los edredones un diminuto guisante.

Al día siguiente, la reina le preguntó qué tal había descansado.

—No he podido pegar ojo —respondió la princesa—. Algo debía de haber entre los colchones, y no he podido dormir.

Y la reina se convenció de que aquella sí era una princesa de verdad, porque solo una verdadera princesa puede tener la piel tan sensible como para notar un guisante debajo de veinte colchones y veinte edredones.

Y así fue como el príncipe encontró a su princesa y todo el reino vivió días de alegría con sus bodas, en las que comieron faisanes y perdices y a nosotros nos dieron con el plato en las narices.

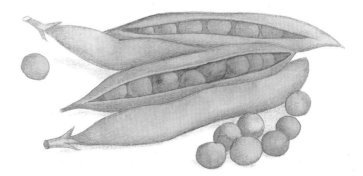

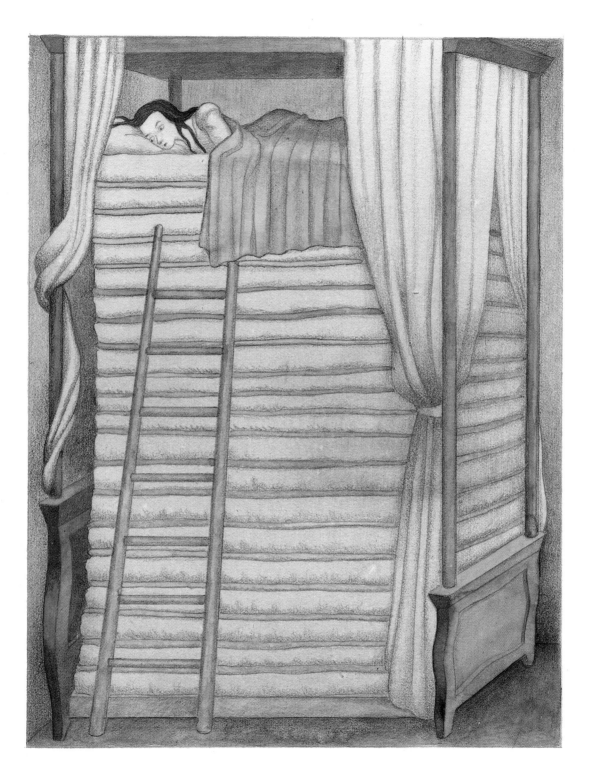

❧ *El príncipe rana* ❧

Una hermosa princesita jugaba junto a un estanque cubierto de nenúfares en flor.

Tan hermosos eran los nenúfares que quiso cortar uno, y al hacerlo se le cayó su anillo al fondo del estanque.

Para una princesa, un anillo, aunque fuera de oro y diamantes, no significa nada, pero aquel anillo había sido el regalo del rey en el día de sus cumpleaños y la princesita se puso a llorar desconsoladamente.

–¿Por qué lloras? –oyó una voz, que más parecía un graznido y que resultó ser la de una rana verde que contemplaba a la princesa desde una hoja de nenúfar.

La princesa se sorprendió al oír hablar a una rana, pero como cosas más raras se habían visto en aquel reino, contestó con tristeza:

–Se me ha caído el anillo que me regaló mi padre, el rey.

–¿Qué me das si te devuelvo tu anillo? –preguntó la rana verde.

–Te daré lo que me pidas.

–¿Me dejarás sentarme a tu mesa?

–Sí.

–¿Me dejarás comer en tu plato?

–Sí.

—¿Me dejarás dormir en tu cama?

—Sí. Haré lo que me pidas, ¡pero consígueme el anillo! —suplicó la princesa, a pesar de que sentía aprensión por los sapos y ranas.

La rana verde se zambulló en el agua y, al instante, regresó con el anillo en la boca. La princesa se lo arrebató y salió corriendo, olvidando lo que había prometido.

Al anochecer, cuando la princesita jugaba en las galerías del palacio, vio horrorizada que la rana verde saltaba por una ventana y se dirigía hacia ella. Asustada, corrió hasta la estancia en la que se encontraba su padre.

—¿Qué te sucede? —preguntó el rey al verla tan pálida.

Y la princesita no tuvo más remedio que contar lo que le había sucedido en el estanque de los nenúfares y la promesa que había hecho a la rana verde.

—¡Las promesas deben cumplirse! —exclamó con severidad el rey, y pidió a los criados que fueran a buscar a la rana verde y que la llevaran al comedor real.

La rana verde, dando saltos, se acercó hasta la princesita y le dijo:
—¡Súbeme a tu silla!

La princesita, venciendo su repugnancia, tomó a la rana en sus manos y la puso sobre el respaldo de su silla.

—Ahora quiero comer contigo en tu plato.

La princesita la puso en el borde de su plato y, reprimiendo las náuseas, compartió su comida con la rana verde.

Después de comer, la rana verde dijo:
—Tengo sueño y quiero descansar en tu habitación.

La princesita la llevó a sus dependencias y la puso sobre un cojín de terciopelo.

–¡No, no! Debes cumplir tu promesa. ¡Ponme en tu cama! –ordenó la rana verde.

La princesita la cogió, la puso en su almohada y comenzó a llorar. Una lágrima cayó sobre la rana, que al instante se convirtió en un apuesto príncipe.

–¡Gracias, princesita! Al cumplir tus promesas has roto el hechizo de una bruja que me había convertido en rana.

El príncipe y la princesa se enamoraron y pidieron al rey que les dejara casarse. Así lo hizo, y a los pocos días se celebró la boda y los banquetes duraron tantos días que todavía estarían celebrándolos si no hubieran muerto ya todos.

Los músicos de Bremen

Esto era un burro tan viejo que ya no servía para trabajar y su amo lo echó a la calle.

El pobre no tenía adónde ir, pues en su estado ya nadie lo querría.

Primero pensó quedarse tumbado debajo de una higuera a esperar que la muerte se lo llevara. Pero pensando, pensando, se le ocurrió que tal vez en la ciudad pudiera trabajar de músico. Y allí se dirigió.

Sentado a un lado del camino vio a un perro, y le preguntó:

–¿Qué haces ahí, amigo perro?

–Que como soy tan viejo, ya no puedo guardar la casa, y mi amo me ha echado a la calle.

–Pues vente conmigo a la ciudad y nos haremos músicos –le propuso el burro.

Y se fueron los dos juntos. Al cabo de unos minutos, se encontraron con un gato subido en un árbol.

–¿Qué haces ahí, gato? –le preguntaron.

–Que como soy tan viejo, ya no puedo cazar ratones, y mi amo me ha echado de casa.

–Pues vente con nosotros a la ciudad y nos haremos músicos –le dijeron el burro y el perro.

Y se fueron los tres juntos. Pasado un tiempo, sobre una pared del camino, vieron a un gallo.

–¿Qué haces ahí, gallo? –le preguntaron.

–Pues que como soy viejo y se me olvida cantar al amanecer, mi amo quería matarme el día de su cumpleaños, y me he escapado.

–Pues vente con nosotros a la ciudad y nos haremos músicos –le dijeron el burro, el perro y el gato.

Y se fueron los cuatro juntos.

Anduvieron durante muchas horas, y al anochecer estaban muy cansados y hambrientos. No lejos del camino, vieron una casa que tenía una ventana iluminada y se acercaron. Como la ventana estaba muy alta, para ver lo que había dentro, el perro se subió encima del burro, el gato sobre el perro y, por último, el gallo sobre el gato. El gallo estiró el pescuezo y vio que los que allí vivían eran unos ladrones que estaban comiendo y contando monedas. Y así se lo dijo a sus compañeros.

Entonces el burro rebuznó, el perro ladró, el gato maulló y el gallo cantó, y se formó tal alboroto que los ladrones, desconcertados, salieron corriendo por la puerta trasera.

Los cuatro animales aprovecharon el desconcierto y se metieron en la casa.

–Ya tenemos dónde dormir, qué comer y, además, somos ricos –dijo el burro.

Con lo que había encima de la mesa cenaron y, después de cenar y de recoger todas las monedas, se fueron a descansar. El gato, como era muy friolero, se acomodó entre las cenizas de la chimenea. El burro, tal y como era su costumbre en la casa de su amo, se instaló en el corral. El perro, acostumbrado a ser el guardián, se tendió al lado de la puerta. Y el gallo, como allí no había palo de gallinero, se subió a la barda del corral.

Los ladrones, a los que se les había pasado el susto, decidieron regresar a la casa y mandaron al más valiente de todos a que averiguara quién estaba dentro. Con mucho cuidado, se deslizó dentro de la casa. En la chimenea vio dos puntos muy brillantes y, pensando que eran dos ascuas, se acercó para poder ver mejor. Pero eran los ojos del gato, que se echó a la cara del ladrón y lo arañó. Al intentar salir por la puerta trasera, el perro le dio un tremendo mordisco en la pantorrilla y, al pasar por el corral, el burro le lanzó tal coz que casi lo mata. Y mientras, el gallo, desde la barda, cantaba a voz en grito:

–¡Quiquiriquí! ¡Quiquiriquí!

Cuando el ladrón logró salir de la casa, sin dejar de correr y cojear, dijo a sus compañeros:

–Vámonos de aquí, que la casa está llena de espíritus: uno salió de la lumbre, se me tiró a la cara y casi me arranca los ojos; otro me clavó un cuchillo en la pierna; otro me dio tal palo que casi no lo cuento, y había uno que no paraba de gritar: "¡Dejádmelo a mí! ¡Dejádmelo a mí!".

Los ladrones emprendieron la huida y nunca más volvieron por allí.

Y de esta manera fue como el burro, el perro, el gato y el gallo se quedaron a vivir para siempre en aquella casa, donde todos los días, cuando anochece, el perro sobre el burro, el gato sobre el perro y el gallo sobre el gato, cantan alegres canciones y se olvidan de los amos que tan mal los trataron.

✦ El patito feo ✦

En un lugar junto a la charca de una granja, una pata empollaba sus huevos.

Después de muchos días de permanecer sin moverse del nido, por fin, una mañana, llegó la hora de que los pollitos rompieran el cascarón.

Todos los huevos, menos uno, se abrieron y de ellos salieron unos hermosos patitos de plumón blando y amarillo. Mamá Pata miró el huevo que quedaba, lo removió y se puso sobre él. "Esperaré un poco más", pensó.

En esto estaba cuando apareció la pata más vieja de la granja.

–¿Qué haces ahí? ¿No debían haber nacido ya todos tus patitos? –preguntó.

–Sí, pero hay uno que se me resiste. Los demás están ya por ahí correteando. Son todos preciosos –contestó con orgullo Mamá Pata.

–A ver, echemos un vistazo a ese huevo. ¡Pero si parece un huevo de pavo! –exclamó la vieja pata–. No es corriente, pero a veces ocurre que alguna desaprensiva pava deje su huevo en tu nido y... ¡Déjalo ya y vete con tus patitos!

–Llevo tanto tiempo empollando, que esperar un poco más no me hará daño –le contestó la pata haciendo caso a su instinto maternal.

Y un poco más tarde, el huevo grande se abrió y de él salió un pollito grandón y gris. Mamá Pata lo miró sorprendida y dijo:

–¡Qué grande es y qué color más raro tiene! ¿Será, como dijo la vieja pata, un pollito de pavo? Desde luego, no se parece en nada a sus hermanos. Lo llevaré al estanque, con los otros patitos, y así saldré de dudas.

Al día siguiente, muy de mañana, aprovechando que hacía un tiempo maravilloso, se puso en marcha seguida de una larga fila de hermosos patitos, todos iguales menos el último, que, como ya se ha dicho, era grandote y andaba de una manera torpe. Al llegar al estanque, Mamá Pata se echó al agua. Sus pollitos, muy contentos, se metieron detrás de ella, incluido el patito grandón, y se zambulleron para después nadar con gran agilidad.

–Indudablemente, no es un pavo: nada estupendamente –dijo, y como ya se sabe lo que son las madres, –añadió–: Y bien mirado, no es tan feo. Será que, como ha nacido el último, ha salido así de grandullón y desgarbado.

Orgullosa, se dirigió al corral para que todos vieran a sus patitos. Pero antes les aconsejó:

–Tenéis que ser educados. Saludad a los mayores y no os peleéis con nadie.

Cuando llegaron, los otros patos se quedaron mirándolos y uno de ellos dijo:

–¡Mirad qué pato más feo! –y se fue hacia él y le dio un picotazo.

Mamá Pata corrió y, para defenderlo, lo metió bajo sus alas.

–¡Dejadlo tranquilo! ¡Él no os ha hecho nada!

–¡Es que es muy feo! –gritaron a coro los patos.

—No es feo: es diferente. Además, es muy amable y nada tan bien como cualquiera de vosotros. Supongo que cuando pase algún tiempo cambiará y será un patito como los demás.

Nada pudieron hacer las palabras de Mamá Pata, porque todos los animales de la granja, desde las ocas hasta el gato, insultaban y maltrataban al pobre patito. Por eso, una tarde, al caer el sol, saltó la cerca y se fue hasta un pantano que había no muy lejos de allí. Oculto entre unos juncos, pasó la noche llorando y suspirando.

Al amanecer, los patos salvajes que vivían en el pantano, al verlo, le preguntaron:

—¿Y tú qué eres?

El patito no supo qué contestar y saludó como le había enseñado Mamá Pata.

—Eres un poco raro, pero si no nos molestas puedes quedarte aquí —dijeron los patos silvestres.

Durante algún tiempo, aunque solo, vivió tranquilo sin que nadie se metiera con él. Un día llegaron los gansos salvajes.

—Oye, ¿has visto qué pato más feo? —dijo uno de ellos.

—¿Feo? ¡Horrible! —se rio otro—. Podría venirse con nosotros. Seguro que con él no nos faltará diversión.

De pronto, cortando sus palabras, sonaron dos disparos y los dos gansos cayeron muertos en los juncos. De entre la maleza salieron unos cazadores disparando sin cesar, al tiempo que cientos de gansos silvestres levantaban el vuelo y muchos de ellos caían sin vida al agua. Un enorme perro de aguas pasó al lado del patito, lo olfateó y siguió nadando sin hacerle caso.

—¿Seré tan feo que ni los perros quieren cazarme? —suspiró el patito.

Y allí, escondido entre los juncos, se quedó hasta que terminó la cacería. Luego continuó caminando y, al atardecer, encontró una casa medio derruida. Como estaba muy cansado, se metió por un agujero de la desvencijada puerta y se echó a dormir en un rincón.

En aquel lugar vivía una anciana con un gato esquelético y una escandalosa y raquítica gallina. Claro que el gato, además de ronronear y arquear el lomo, cazaba ratones, y la gallina, de vez en cuando, ponía huevos. Por estas razones, la mujer los tenía en la casa y hasta les había cogido cariño.

A la mañana siguiente, la anciana, el gato y la gallina descubrieron al patito dormido en el rincón.

–¿Qué es eso tan raro? –preguntó la mujer y, como veía mal, creyó que era un pato adulto–. Se quedará con nosotros a prueba. Si es hembra podré probar los huevos de pato. Si no...

Pero pasó el tiempo y los huevos no venían. Y el gato y la gallina se burlaban de él.

–¿Sabes arquear el lomo? –le preguntaba el gato.

–No –respondía el patito.

–¿Sabes poner huevos? –le preguntaba la gallina.

–No –volvía a responder el patito.

–Entonces –decían el gato y la gallina–, ¿de qué sirve un animal que no sabe cazar ratones ni poner huevos? Te vemos en la cazuela.

–Pero yo sé nadar –les replicaba el patito.

–¿Nadar? ¿Y eso para qué sirve? –le humillaban–. Además de ser feo, eres tonto.

El patito vio que allí tampoco le querían y se fue nadando río abajo. Pero las cosas no cambiaron, porque todos los animales con los que se encontraba lo despreciaban y le reprochaban su fealdad.

Llegó el otoño y los árboles comenzaron a dorarse y a perder las hojas. Un viento frío agitaba los juncos y negros nubarrones cubrieron los cielos. El patito, resguardado entre la maleza, vio llegar una bandada de aves blancas de largos y elegantes cuellos. "¡Qué hermosas son!", pensó. Durante algún tiempo las estuvo observando, pero no se atrevió a acercarse a ellas. Poco después, los cisnes –pues eso eran aquellas aves– extendieron sus largas alas, estiraron sus cuellos y emprendieron el vuelo en busca de tierras más cálidas donde pasar el invierno. Al verlos, el patito sintió algo extraño, un deseo irresistible de irse con ellos, y aunque movió las alas y estiró el cuello, le faltaron las fuerzas y no pudo levantar el vuelo.

Aquel invierno fue muy frío. Un día, el río se heló y el patito quedó atrapado entre los hielos. Por más esfuerzos que hizo, no pudo liberarse y, agotado, se quedó quieto esperando la muerte.

"Total, para la vida que llevo…", reflexionó pensando en los desprecios e insultos que había recibido desde el día que nació.

A la mañana siguiente, acertó a pasar por allí un campesino que, al ver al patito, lo liberó rompiendo el hielo con uno de sus zuecos y lo puso en su regazo para darle calor y reanimarlo.

En casa, el campesino se lo dio a los niños. El patito creyó que querían hacerle daño y corrió por la habitación. Al intentar cogerlo, los niños derramaron un cántaro de leche por los suelos, y el patito, de un salto, se metió en un barreño en el que la esposa del campesino estaba haciendo mantequilla y después cayó en una bolsa de harina. La mujer gritaba e intentaba golpear al patito con una escoba, en medio de las voces y las risas de los niños. Por suerte, la puerta estaba abierta y el patito pudo salir a todo correr y refugiarse entre unos arbustos. Solitario y triste, llegó caminando hasta el estanque del parque de una ciudad y allí pasó el resto del largo y frío invierno.

Hasta que un día los árboles comenzaron a cubrirse de hojas y el sol empezó a calentar. Llegaba la primavera y, con ella, las aves que habían emigrado a otras tierras, entre las que se encontraban los cisnes de blancas plumas y largo cuello, que tanta envidia le dieran al patito cuando los vio por primera vez en el río. Avergonzado, trató de ocultarse, pero tres cisnes se acercaron a él. El patito creyó que querían darle picotazos e insultarle, como tantos y tantos otros habían hecho, y agachó su cabeza sobre el agua.

–¡No puede ser! –gritó al ver su imagen reflejada en el espejo del agua–. ¡Soy igual que vosotros!

–Claro, porque eres un cisne... –se rieron los otros cisnes al verle aletear y zambullirse en el agua con alegría.

Ya nada importaban al patito los sufrimientos pasados. De aquel patito grandón, desgarbado y grisáceo al que todos insultaban, no quedaba nada.

En la orilla, unos niños estaban echando pan al agua. Uno de ellos gritó:

–¡Mirad, un cisne nuevo!

–¡Es el más hermoso de todo el estanque! –dijeron los demás.

Al patito no le importaba ser el más hermoso; lo importante es que ya sabía lo que era y se encontraba feliz entre los suyos.

Y es que ya lo dijo Andersen, autor de este cuento:

"No importa el gallinero donde se incube, si el huevo es de cisne".

⚜ *El lobo ingenuo* ⚜

En un rincón del bosque vivía
un lobo solitario que se las daba
de listo. Una mañana, al despertarse,
mientras se desperezaba y daba un largo
bostezo, pensó: "No sé por qué, pero hoy
va a ser un buen día para mí".

Y se fue por ahí a buscar su desayuno. No tardando mucho,
encontró en un prado a dos cabritos, ya un poco creciditos, que se
estaban peleando.

El lobo se relamió y se dijo: "Sí señor, hoy es mi día de suerte".
Se fue derecho hacia los dos cabritos y exclamó:

—¡Dejad la pelea! Me voy a comer a uno de vosotros dos.

—De acuerdo —respondieron los dos cabritillos—. Pero espere un poco,
señor lobo. Como nos peleábamos por este prado, usted, que es muy
inteligente, nos servirá de juez.

El lobo pensó que no perdía nada por esperar un poco.

—Está bien. Decidme qué he de hacer —dijo.

—Es muy sencillo —explicó uno de los cabritos—. Yo me pondré en
un extremo del prado, y mi hermano, en el extremo opuesto. Usted se
colocará en medio y, cuando nos avise, los dos correremos hacia usted.
Se comerá al último que llegue, y el otro se quedará con el prado.

El lobo, entre divertido y curioso, aceptó la propuesta. Cuando estuvieron preparados y el lobo dio la señal, los dos cabritos, cada uno desde un extremo, comenzaron a correr y pillaron al lobo en medio de sus cuernos. Tantos cabezazos le dieron, que el lobo tuvo que escapar de allí a todo correr, y no sabía si le dolían más los golpes o la vergüenza de que se los hubieran dado unos cabritos de tan corta edad.

Abochornado, el lobo se acercó a un riachuelo a beber agua, para que se le pasara el susto. En la orilla estaba una vaca con sus dos terneros.

"No hay mal que por bien no venga. Si me hubiera comido un cabrito, ahora estaría tan harto que no podría comerme a uno de esos terneritos", pensó. Y dirigiéndose a la vaca, dijo:

—Amiga vaca, como tú tienes dos terneros y yo tengo mucha hambre, me vas a dar uno de ellos.

—Está bien —aceptó la vaca—. Pero primero déjame que bautice al que te vas a comer. Si quieres ver cómo lo hago, ponte en la orilla del río.

El lobo se acercó al agua para ver aquella extraña ceremonia, momento que aprovechó la vaca para darle una tremenda cornada. El lobo, casi sin sentido, cayó al agua.

No sin esfuerzo, el ingenuo lobo pudo salir del agua y se dirigió a una piedra para secarse al sol. Justo entre aquellas piedras, a la sombra, estaba una yegua con su potrillo.

"Este no se me escapa", murmuró entre dientes el lobo.

—Yegua, dame a tu potrillo porque me lo voy a comer —dijo, abalanzándose sobre el animalito.

—Espere un poco, señor lobo. Antes de comerse a mi potrillo, me va a hacer un favor. Me han dicho que es usted un estupendo curandero, y llevo mucho tiempo con una espina clavada en la pata derecha. Así que si es tan amable, antes de comerse a mi hijo, sáquemela y quedaré muy agradecida.

El lobo, halagado por aquellas palabras, se dijo que no perdía nada con demostrar su habilidad como curandero. Se puso detrás de la yegua para inspeccionar la pata y, cuando se disponía a hacerlo, la yegua soltó una terrible coz que lo lanzó a muchos metros de distancia, con la mandíbula rota y varios dientes fuera.

Avergonzado por haberse dejado engañar tantas veces y molido por los palos recibidos, se marchó a su lobera a lamerse las heridas.

"Está visto que hoy no era mi día. Otra vez será", pensó, al tiempo que oía el ruido de sus tripas vacías.

Y después de aullar un ratito a la luna, se quedó dormido.

❧ El día que se cayó el cielo ❧

No hace mucho tiempo, en un encinar picoteaba un pollito cuando, de repente, empezó a soplar el viento y una bellota le cayó en la cabeza.

Tal susto se dio el pollito que creyó que se iba a caer el cielo y, muy asustado, decidió ir a contárselo al rey.

Andando, andando, se encontró con una gallina que le dijo:

—¿Adónde vas con tanta prisa, pollito?

Y el pollito contestó:

El cielo se va a caer
y el rey lo debe saber.

—Pues espérame, que me voy contigo.

Iban los dos por el camino, cuando se encontraron con un pato.

—¿Adónde vais los dos con tanta prisa? —les preguntó.

Y el pollito y la gallina contestaron:

El cielo se va a caer
y el rey lo debe saber.

—Pues esperadme, que me voy con vosotros.

Y se fueron los tres juntos. Al rato se encontraron con un pavo.

—¿Adónde vais los tres con tanta prisa? —les preguntó.

Y el pollito, la gallina y el pato contestaron:

El cielo se va a caer
y el rey lo debe saber.

—Pues esperadme, que me voy con vosotros.

Y se marcharon los cuatro juntos. Y andando, andando, se encontraron con el zorro.

—¿Adónde vais los cuatro con tanta prisa? —les preguntó el zorro, que ya se relamía pensando en el festín que se iba a dar con tanto animal de plumas.

Y el pollito, la gallina, el pato y el pavo contestaron:

El cielo se va a caer
y el rey lo debe saber.

—Claro, claro... Pero venid conmigo a mi madriguera para descansar, y luego nos vamos los cinco juntos a avisar al rey —dijo el astuto zorro.

Y el pollito, la gallina, el pato y el pavo, caminando más deprisa, le dijeron:

—No, muchas gracias, pero no podemos pararnos:

El cielo se va a caer
y el rey lo debe saber.

Y por fin, después de mucho camino, llegaron al palacio real.

–¿Qué queréis? –les preguntó el rey.

Y el pollito, la gallina, el pato y el pavo le contestaron:

El cielo se va a caer
y tú lo debes saber.

El rey contuvo la risa, les agradeció la advertencia y les dijo,
al tiempo que daba una moneda nueva a cada uno:

El cielo no se caerá,
pues el rey lo impedirá.

Y el pollito, la gallina, el pato y el pavo, uno detrás de otro,
con sus monedas en el pico, regresaron muy contentos a sus casas
por haber evitado que el cielo se cayera.

La gallinita roja

Un día, la gallinita roja, picoteando por el campo, se encontró una espiga con unos hermosos granos de trigo.

Muy contenta, se fue con ellos hasta la granja. Allí estaban el gato Micifuz, la rata Rabilinda y la cerda Cochi.

Les dijo:

—¿Queréis ayudarme a sembrar estos granos de trigo?

—Lo siento —dijo el gato Micifuz—. Me estoy lavando la cara.

—Yo tengo que ir a la compra —dijo la rata Rabilinda.

—Es la hora del baño de barro —dijo la cerda Cochi.

Y la gallinita roja abrió los surcos ella sola y ella sola los sembró.

Pasaron los fríos del invierno y las lluvias de primavera, y el trigo brotó y fue creciendo, hasta que llegó el verano y las espigas se granaron.

Entonces dijo la gallina roja:

—¿Quién quiere ayudarme a segar el trigo?

—Hace mucho calor y me voy a tumbar a dormir la siesta —dijo el gato Micifuz.

—Tengo la casa revuelta y la tengo que recoger —se disculpó la rata Rabilinda.

—De buena gana te acompañaría, pero estoy haciendo la comida —contestó la cerda Cochi.

Y la gallinita roja segó sola el trigo, sola lo trilló y sola lo recogió en un saco.

Al día siguiente preguntó:

–¿Quién viene conmigo al molino a moler el trigo?

–Yo no puedo –dijo el gato Micifuz.

–Yo tampoco –dijo la rata Rabilinda.

–Ni yo... –dijo la cerda Cochi.

Y la gallinita roja llevó sola el trigo al molino, sola lo molió y sola regresó con un saco de blanca harina.

–¿Quién quiere venir conmigo al horno para amasar y cocer el pan? –preguntó.

Y los tres, el gato Micifuz, la rata Rabilinda y la cerda Cochi, volvieron a disculparse.

La gallinita roja se fue sola y sola amasó la harina, sola metió la masa en el horno y sola la coció.

Al poco tiempo, regresó con unos panes dorados y tiernos y dijo:

–¿Quién quiere un poco de este pan?

–¡Yo! –exclamó el gato Micifuz, al que se le hacía la boca agua.

–¡Yo también! –casi chilló la rata Rabilinda, a la que se le habían puesto los dientes largos.

–¡Y yo! –gruñó la cerda Cochi, al tiempo que se le iban los ojos detrás del pan.

Y la gallina les dijo:

–Yo sola lo sembré, yo sola lo recogí, yo sola lo molí y yo sola lo amasé... ¡Pues yo sola me lo comeré!

Y sin dar parte a nadie, ella sola se lo comió.

Y tú, que escuchas el cuento y que no sembraste, ni recogiste, ni moliste, ni amasaste, sin probar una miga te quedaste.

⤳ Alí Babá y los cuarenta ladrones ⤳

Allá en la lejana Persia vivían dos hermanos que se llamaban Casim y Alí Babá.

Casim era rico y estaba casado con una mujer envidiosa que no estaba conforme con nada. Alí Babá era pobre y se ganaba la vida como leñador, pero su mujer y él se arreglaban con lo que tenían y eran felices dentro de su pobreza.

Un día, Alí Babá estaba con su borriquillo preparando una carga de leña para vender, cuando vio una gran nube de polvo que se acercaba. Precavido, se escondió detrás de una roca y, al poco tiempo, apareció un tropel de gente a caballo. Comprobó lleno de miedo que eran cuarenta ladrones que venían cargados con un gran botín. Se detuvieron y el que parecía el jefe se apeó del caballo, se acercó a una enorme piedra y exclamó:

—¡Ábrete, sésamo!

Y ante los asombrados ojos de Alí Babá, la piedra se abrió y dejó al descubierto una cueva en la que entraron los cuarenta ladrones con sus caballos y los sacos del botín.

Pasado un tiempo, los ladrones salieron. Su jefe, al salir, se puso delante de la boca de la cueva y dijo:

—¡Ciérrate, sésamo!

Y al momento, con un gran ruido, la cueva se cerró. Los cuarenta ladrones montaron en sus caballos y se fueron alejando.

Alí Babá, temblando de miedo pero lleno de curiosidad, se acercó a la piedra y dijo:

—¡Ábrete, sésamo!

La roca se abrió y Alí Babá entró en la cueva. No podía creer lo que sus ojos estaban viendo: montones de joyas, monedas de oro, vajillas, telas, diamantes… Había tal cantidad que pensó que si cogía algunas de aquellas riquezas, los ladrones no lo iban a notar. Y eso hizo: cargó los serones de su borriquillo y salió de la cueva. Luego dijo:

—¡Ciérrate, sésamo!

La cueva se cerró y, lleno de alegría, Alí Babá regresó a la ciudad.

La mujer de Alí Babá, al ver la carga que traía su marido, pensó que la había robado, pero Alí Babá la tranquilizó contándole lo que había sucedido y después le dijo:

—Ve a casa de mi hermano Casim y pídele el peso, así sabremos el valor de lo que he traído. Di que lo queremos para pesar grano, no sea que sospechen y quieran saber cómo lo hemos obtenido.

Así lo hizo, pero la astuta mujer de Casim puso en el fondo del peso un poco de pez y se quedó pegada una moneda.

—Mira, Casim —le dijo su mujer—. ¡Cuántas monedas tendrán para tener que pesarlas! Anda, ve a ver a Alí Babá y pregúntale de dónde ha sacado esas riquezas.

Casim se dirigió a casa de su hermano y, sin rodeos, se lo preguntó. Aunque Alí Babá insistió en que solo habían pesado grano, cuando Casim le dijo lo de la moneda, ya no pudo negarlo y se lo contó, con el ruego de que fuera discreto porque en ello les iba la vida.

Casim, impulsado por su mujer, inmediatamente preparó varios camellos y se dirigió al lugar donde estaba la cueva.

—¡Ábrete, sésamo! —exclamó.

Al conjuro de las palabras, la cueva se abrió. Metió los camellos y, con el fin de que nadie pudiera verle desde fuera, pensó que mejor sería cerrar. Por eso dijo:

—¡Ciérrate, sésamo!

Después de cerrarse la boca de la cueva, cargó hasta más no poder los camellos y, cuando quiso salir, dijo:

—¡Ábrete, sésamo!

Pero la boca de la cueva no se abrió.

—¡Ábrete, sésamo! —gritó temblando, pues se dio cuenta de que había olvidado las palabras exactas.

Y aunque lo intentó repetidas veces, no pudo abrir la cueva y, desesperado y llorando, quedó allí encerrado. Cuando los ladrones regresaron de sus correrías, lo encontraron y, sin compasión, le dieron muerte.

Llegó la noche y, como Casim no regresaba, su mujer se acercó a la casa de Alí Babá y le dijo adónde había ido su hermano.

Alí Babá aconsejó a su cuñada que se tranquilizara y que no contara a nadie la desaparición de su marido. A la mañana siguiente, montó en su borrico y se dirigió hasta la guarida de los cuarenta ladrones. Cuando llegó a la boca dijo:

—¡Ábrete, sésamo!

La cueva se abrió y Alí Babá, entristecido, vio que allí estaba el cuerpo de su hermano muerto. Pero, como ya nada podía hacer, además del cuerpo de su hermano, cargó más oro y joyas en su asno y salió sin olvidar decir las palabras mágicas para que la cueva se cerrara.

Esperó a que cayera la noche, con el fin de que nadie pudiera verle, y llevó el cadáver a casa de su cuñada, advirtiéndole que no hiciera duelo alguno hasta la madrugada, cuando harían saber que Casim había muerto de repente. De esa manera evitarían que los ladrones supieran quién era el que conocía el secreto de la cueva.

Así lo hicieron. Acudieron los vecinos al duelo, el embalsamador arregló el cadáver y el imán de la mezquita le dispensó sus oraciones. Nadie sospechó nada y todos creyeron que Casim había muerto de muerte natural.

Después del funeral, Alí Babá, con su mujer y sus hijos, se fue a vivir con la viuda de su hermano, como era costumbre entre los árabes, a fin de que no quedara sola y desamparada.

Mientras tanto, los cuarenta ladrones descubrieron que alguien había entrado de nuevo en su guarida y se había llevado el muerto y parte de su botín. El capitán mandó a la ciudad a uno de sus secuaces, que averiguó que había habido un entierro en esos días. Enterado por el embalsamador de cuál era la casa del difunto, hizo una señal con yeso blanco en el dintel de la puerta, a fin de reconocerla cuando volvieran a dar muerte al conocedor de su secreto.

Tenía la viuda de Casim una esclava llamada Morgiana, que era tan hermosa como inteligente, y que, al ver la señal sobre la puerta de la casa, sospechó e hizo la misma señal en todas las casas de aquella calle.

A la caída de la noche, cuando los ladrones, con su capitán al frente, llegaron a la ciudad, no pudieron averiguar cuál era la casa de Alí Babá y tuvieron que volver a su guarida.

Al día siguiente, el jefe de los ladrones envió a otro de la cuadrilla, que se hizo también acompañar del embalsamador y marcó la puerta, esta vez, con una señal de color rojo.

Al igual que la vez anterior, Morgiana volvió a marcar todas las puertas de aquella calle y de nuevo los ladrones fracasaron en su intento.

El jefe de la cuadrilla, ante estos fracasos, decidió ir en persona a averiguar lo que querían saber, y una vez que estuvo delante de la puerta de la casa de Alí Babá, en vez de marcarla, se fijó en una señal que había grabada en el dintel.

Con el fin de poder entrar en la casa preparó un plan. Él se disfrazaría de mercader y llevaría veinte caballos cargados con dos tinajas cada uno. Una de las tinajas iría llena de aceite y en las restantes se meterían los treinta y nueve ladrones, uno en cada una. Luego, a medianoche, les haría una señal y saldrían de las tinajas, darían muerte a todos los de la casa y, de paso, se llevarían lo que les habían cogido de la cueva y todo lo que tuvieran de valor.

De esta forma se presentó en casa de Alí Babá.

—Señor —dijo el capitán de los bandidos—, soy un mercader, vengo desde muy lejos con mi carga de aceite y no he encontrado posada donde pasar la noche.

Alí Babá, que era un hombre generoso, temeroso de Alá y respetuoso con las tradiciones hospitalarias de su pueblo, no tardó en acoger al mercader y ordenó que se le preparara la cena y la cama. Llevaron a la bodega las tinajas y se dispusieron a agasajar a su huésped.

Al ir a preparar la cena, Morgiana, la bella esclava, comprobó que no tenían aceite en la cocina y, en lugar de ir a buscarlo fuera de la casa, bajó a llenar la escudilla con el aceite de una de las tinajas del mercader. Destapó una de ellas y de dentro salió una voz que dijo:

—¿Es ya la hora?

Morgiana, que adivinó lo que allí se preparaba, contestó con tranquilidad, imitando la voz del capitán:

–No lo es, pero ya lo será.

Destapó otra de las tinajas.

–¿Es ya la hora?

–No lo es, pero ya lo será –respondía la astuta esclava.

Y así fue recorriendo las treinta y nueve tinajas. Luego, cogió casi todo el aceite de la tinaja que estaba llena, lo puso a hervir en una olla muy grande, y fue echando un cazo de aceite hirviendo en cada tinaja. De este modo, los treinta y nueve ladrones murieron en el acto.

Cuando, a medianoche, el capitán dio la señal, nadie acudió. Extrañado, se acercó a las tinajas. Al descubrir lo que había pasado salió huyendo, tan asustado que jamás volvieron a verle por allí.

Alí Babá, enterado de todo lo sucedido y de cuánto le debían todos a la esclava, decidió recompensarla: le dio la libertad y más tarde la casó con su hijo mayor.

Alá es grande y bondadoso, y quiso que Alí Babá y su numerosa descendencia vivieran felices y ricos con las joyas y monedas que de vez en cuando iban sacando de la cueva, sin que nunca se olvidaran de socorrer a los más menesterosos, a fin de hacerse perdonar la procedencia de sus riquezas.

✄ *El ladrón de Bagdad* ✄

No hace ni mucho ni poco tiempo, sucedió que en la ciudad de Bagdad murió un zapatero, dejando un hijo llamado Ahmed.

Como era muy pobre, solo le dejó sus herramientas de trabajo y poco más. Ahmed tuvo que dejar la escuela, pero como no le gustaba el oficio de zapatero y siempre había soñado con recorrer mundo, un buen día se dispuso a partir de Bagdad.

Para tomar el camino del desierto tenía que pasar por el mercado de la ciudad. Al pasar junto a un puesto, vio en el suelo una hermosa naranja. Ahmed se inclinó y la cogió, pensando que no le vendría mal para calmar la sed cuando atravesara el cálido desierto.

Pero quiso la mala suerte que un mercader muy avaro le viera con la naranja en la mano y pensara que el muchacho se la había robado.

—¡Al ladrón, al ladrón! —gritó.

Ahmed salió corriendo con la naranja en la mano, perseguido por los guardias alertados por el vendedor.

—¡Es el hijo del difunto zapatero! —se extrañaban los que le veían pasar corriendo.

Se fue extendiendo la voz por toda la ciudad y, a medida que pasaba de boca en boca, la naranja se convirtió primero en un anillo;

después, en un valioso collar de perlas, y al final, parecía que Ahmed hubiera cometido todos los robos imaginables. Y así, sin él desearlo, se vio convertido en el famoso ladrón de Bagdad.

Gracias a su agilidad y astucia, pudo burlar a sus perseguidores y se internó en el desierto. A mediodía, el sol estaba en su cenit y caía con fuerza. Ahmed no podía más. En medio de la inmensidad del desierto, cayó sobre la caliente arena dispuesto a morir. Al caer, su mano tropezó con algo duro que estaba enterrado.

–¡Una botella! –exclamó–. ¡Ojalá tenga un poco de agua con la que apagar mi sed!

Con grandes esfuerzos, logró sacar el tapón de aquella extraña botella y, sorprendentemente, de su boca salió un espeso humo de colores que se fue extendiendo por el aire. Al instante, el humo se convirtió en un genio de tamaño colosal, que le amenazó.

–¡Disponte a morir, muchacho!

–¿Por qué? –preguntó Ahmed, medio muerto de miedo–. ¿Es así como me pagas el que te haya liberado de tu encierro?

–¡Calla, insensato! ¿Cómo te atreves a hablarme de ese modo? –exclamó el genio con un gran vozarrón–. Vas a pagar tu atrevimiento con la muerte.

–Digo que si no hubiera sido por mí seguirías en tu encierro –se defendió Ahmed–. Al menos dime quién eres.

El gigantesco ser de la botella pareció pensarlo y dijo:

–Soy un genio al que el rey Salomón encerró en esta botella por desobedecerle. Al principio prometí hacer poderoso al que me liberara, pero ha pasado tanto tiempo que ahora, en castigo por no haber venido antes, te daré muerte.

—Está bien —replicó resignado el muchacho—, pero antes de morir me gustaría que me respondieras a una pregunta.

—¿Qué pregunta es esa? Hazla pronto, porque tengo prisa.

—Hay algo que no puedo entender, y es cómo un ser tan grande como tú puede caber dentro de una botella tan pequeña como esta —dijo Ahmed.

—¡Para mí nada es imposible! ¡Mira! —dijo, entre risas, el genio.

Y el genio volvió a transformarse en humo y, poco a poco, se fue introduciendo en la botella. Cuando desapareció la última voluta de humo, Ahmed puso rápidamente el tapón en la boca de la botella y el genio quedó atrapado.

—¡Sácame de aquí! ¡Sácame de aquí! —gritaba desesperado el genio—. Si me liberas, prometo ser tu esclavo y servirte en todo lo que desees.

Ahmed, apiadado por sus súplicas, quitó el tapón. El genio salió como la primera vez y se puso de rodillas.

—Amo, mándame lo que quieras —dijo con voz humilde.

—Lo primero que quiero es comer y beber. ¡Sírveme una buena comida! —ordenó Ahmed.

En cosa de segundos, ante el muchacho apareció una mesa sobre la que había los más exquisitos manjares que hubiera imaginado.

Después de saciar la sed y el hambre, Ahmed ordenó:

—¡Genio, quiero una alfombra voladora!

Apenas había hecho su petición, cuando ante Ahmed apareció una alfombra. Se montó sobre ella y salió volando.

—¡Si me necesitas, aquí estaré, amo! —se oyó lejana la voz del genio.

Ahmed, montado en su alfombra, voló por encima de países lejanos y desconocidos. Vio hermosas ciudades y lugares llenos de belleza. Por dondequiera que pasara, todos se admiraban de ver una alfombra voladora. Pero al cabo de unos días, cansado ya de sus viajes por el aire, llegó a una ciudad y descendió hasta posarse sobre la terraza de un palacio, donde descansaba en una hamaca la hija del califa.

—¿Quién eres y qué haces aquí? —preguntó la princesa, sorprendida por la presencia de aquel apuesto joven.

Ahmed miró extasiado a la joven y apenas pudo articular palabra.

—¡Márchate de aquí antes de que venga la guardia a detenerte! —pidió la hija del califa—. Si mi padre se entera, te castigará.

—No me importa. Me arriesgaré —dijo Ahmed—. ¡Llévame ante tu padre!

El viejo califa escuchó los relatos del joven Ahmed y, cuando este le pidió la mano de su hija, dijo muy apenado:

—Siento no poder concederte lo que me pides. Hace ya tiempo que prometí la mano de mi hija Aixa al poderoso rey de Persia, que en agradecimiento me traerá un fabuloso tesoro.

Entonces, Ahmed montó en su alfombra voladora y se dirigió al desierto.

—¡Genio! —llamó.

—¿Qué me mandas, amo? —preguntó el genio.

—Quiero el tesoro más valioso del mundo.

Y el genio hizo aparecer un cofre lleno de diamantes, oro y toda clase de joyas, que Ahmed subió en la alfombra y llevó hasta el palacio de Aixa.

El viejo califa, al contemplar aquel fabuloso tesoro, quedó deslumbrado y, olvidándose de la promesa hecha al rey persa, concedió la mano de Aixa al joven Ahmed.

Esa misma noche, el rey de Persia, enterado por sus espías de que el califa había roto su promesa, ordenó que secuestraran a la princesa y la llevaran a su presencia. Una vez allí, la encerró en una alta torre.

A la mañana siguiente, cuando descubrieron que Aixa no estaba en sus habitaciones, el califa, entre sollozos, decía:

–¡Ah, ya no volveré a ver a mi hija!

–Señor, no sufráis. Yo la rescataré –dijo Ahmed con decisión.

En su alfombra voladora, Ahmed se dirigió al castillo donde el rey de Persia tenía encerrada a su amada. Cuando la vio asomada a la ventana, se aproximó y, cogiéndola en brazos, la subió a la alfombra y la llevó hasta el palacio de su padre, que los recibió con grandes muestras de alegría.

Pero el rey de Persia no se resignaba y meditó su venganza: preparó un poderoso ejército y se dispuso a atacar el palacio.

Ahmed invocó la presencia del genio.

–¿Qué deseas, mi amo? –preguntó.

–Quiero que me libres del rey de Persia y de sus ejércitos –le ordenó Ahmed.

Y el genio se interpuso entre el palacio y los ejércitos y sopló con tanta violencia que los soldados, sus caballos, sus armas y su rey salieron volando por los aires hasta perderse en el horizonte, sin que jamás se haya vuelto a saber de ellos.

Ahmed y Aixa se casaron y alegraron los últimos días del califa con los numerosos hijos, que Alá, el Altísimo, el Grande, se dignó concederles.

El genio fue liberado de su promesa y se marchó por el ancho mundo a hacer lo que hacen los genios y que solo ellos saben. Ahmed ya era rico y amado y no lo necesitaba.

⚮ *La fosforera* ⚮

Las primeras sombras de la noche caían sobre la ciudad.

Por una de sus calles iba una fosforera pregonando su mercancía:

–¡Fósforos! ¿Quién quiere fósforos?

La pobre niña caminaba descalza, con los pies morados por el frío. En los bolsillos de un raído delantal llevaba unos manojos de fósforos, y algunos sueltos en las manos.

–¡Fósforos! ¡Vendo fósforos! –repetía una y otra vez la pequeña vendedora.

Pero nadie compraba. Era Nochevieja y la gente pasaba con prisa, ansiosa de llegar a su casa. La niña tenía hambre y el frío le calaba los huesos. Había ventisca y la nieve, al caer, le mojaba su cabello dorado, que se le rizaba con la humedad.

Las ventanas estaban más iluminadas que de costumbre y de las casas salía un delicioso olor a asado.

"Claro: es Nochevieja", pensó mientras, agotada, se acurrucaba en el hueco que dejaban las puertas de dos casas contiguas.

Estaba cansada y sentía un frío intenso, pero no se atrevía a regresar a casa sin haber vendido nada. Estaba segura de que su padre la castigaría. Además, su casa era oscura, fría y húmeda, y el viento entraba por las rendijas.

"Encenderé un fósforo. Por un fósforo no pasará nada y me podré calentar las manos", se dijo.

Con su mano entumecida por el frío, cogió un fósforo del manojo y lo frotó contra la pared. El fósforo ardió y su calor le hizo imaginar que estaba sentada en una habitación frente a una elegante estufa en la que danzaban alegremente las llamas. Estiró las piernas y el fósforo se apagó. Allí no había ni habitación ni estufa elegante, solo el palo del fósforo apagado.

Frotó un nuevo fósforo. Su resplandor le hizo creer que la pared de enfrente se hacía transparente y vio una sala con una mesa puesta, cubierta con un mantel bordado, y sobre él una lujosa vajilla de porcelana y una fuente con un ganso asado lleno de manzanas y ciruelas. Desprendía un delicioso aroma y, en sus sueños, la niña creyó ver que el ganso venía directamente hacia ella. Pero el fósforo se consumió y cesó la visión, y con ella desaparecieron la mesa, el mantel, la vajilla y el ganso asado.

Tenía mucho frío, un frío insoportable. "¿Por qué no encender otro fósforo?", pensó. Y así lo hizo. Al conjuro de la llama, ahora se vio bajo un hermoso árbol de Navidad, el más hermoso que nunca había visto. Cientos de velas ardían en sus ramas, de las que colgaban adornos de todos los colores: campanitas, botas, paquetitos envueltos en papeles brillantes… El fósforo se apagó y el árbol desapareció también. Las luces se fueron difuminando y sus ojos se encontraron con las titilantes estrellas de un cielo ahora limpio de nubes. En ese momento, cruzó el espacio una estrella fugaz.

"Alguien acaba de morir", se dijo la niña recordando que su abuela, la única persona que había sido bondadosa con ella, le había dicho que cuando una estrella caía, un alma subía al cielo.

Frotó otro fósforo y, en medio de un resplandor, apareció el rostro de su abuela, lleno de bondad y ternura.

–¡Abuela, abuelita! –sollozó la niña–. ¡Llévame contigo antes de que se apague el fósforo y te vayas, como se fueron la estufa, el ganso asado y el árbol de Navidad!

Y en un intento por impedir que la imagen de la abuela se esfumara, encendió a la vez todos los fósforos que llevaba en la mano. La calle se iluminó como si fuera de día y la abuela, más fuerte y hermosa que nunca, la cogió en sus brazos y las dos volaron hacia las regiones en las que no hay frío, ni hambre, ni injusticias.

El amanecer del nuevo año extendió sus débiles luces sobre el helado cuerpo de la fosforera. Apoyada la espalda contra la pared, la palidez de su rostro contrastaba con la dulce sonrisa de sus labios. En el suelo, a su lado, se veía un montón de fósforos consumidos.

–¡Pobre niña! –dijeron algunos.

–¡Ha querido calentarse con los fósforos! –se lamentaron otros.

Pero lo que nadie podía imaginar era que, por una vez en su vida, la humilde fosforera había sido enteramente feliz, porque, de la mano de su abuela, había dejado las miserias de este mundo para adentrarse en otro nuevo y mejor.

⤠ El Enano Saltarín ⤠

En un molino junto a un río vivía un molinero pobre con su hija.

Cierto día tuvo que ir a hablar con el rey y, como era un poco hablador y le gustaba darse importancia, le dijo:

—Mi hija es capaz de hilar paja y convertirla en oro.

—¡Hombre, eso me gusta! —replicó el rey, que era muy codicioso—. Trae aquí a tu hija porque quiero ver ese portento.

El molinero estaba muy asustado, pero no tuvo más remedio que hacer lo que el rey le había mandado y llevó a su hija al palacio. Entonces, el rey la llevó a una cámara del sótano y le dijo:

—Aquí tienes paja. Ponte a trabajar, y si mañana no la has hilado y convertido en oro, morirás.

Cuando cerraron la cámara con tres candados y la hija del molinero se vio sola, empezó a llorar desconsoladamente.

—¿Cómo voy yo a convertir esta paja en oro? —decía sin saber qué hacer.

En esto, apareció en la cámara un hombrecillo que le preguntó:

—Molinerita, ¿qué te pasa?

—Que tengo que hilar esta paja en oro y no sé hacerlo.

—¿Qué me das si te lo hago yo? —preguntó el hombrecillo.

—¡Te daré mi collar! —respondió la molinerita.

El enano se guardó el collar, se sentó ante la rueca y en un momento hiló toda la paja, que se fue convirtiendo en oro.

A la mañana siguiente llegó el rey, abrió los tres candados y se quedó sorprendido al ver aquel montón de oro hilado. Pero, como era tan codicioso, hizo que llevaran doble cantidad de paja a la cámara y dijo:

–Deberás hilar esta paja en oro, y si no lo haces, mañana por la mañana mandaré al verdugo para que te corte la cabeza.

La molinerita, asustada, comenzó a llorar y de nuevo apareció el enano en medio de la cámara.

–¿Qué me das si te hilo esta paja en oro? –preguntó con una extraña sonrisa.

–Te daré mi anillo –respondió la muchacha.

Y, como la noche anterior, después de guardarse el anillo, el enano se sentó ante la rueca y en un santiamén hiló toda la paja y la convirtió en oro.

El rey comprobó muy contento que toda la paja estaba convertida en oro, pero, como quería más, hizo que llevaran a la cámara tres veces más paja que el día anterior.

–Si hilas esta paja en oro, serás mi esposa –dijo el rey pensando en todas las riquezas que podría conseguir con una mujer así–. Pero si no lo consigues, ya sabes lo que te espera.

La molinerita se quedó muy triste y empezó a llorar. Inmediatamente apareció el extraño hombrecillo y dijo:

–¿Qué me das si te hilo esta paja en oro?

–No tengo nada para darte –se lamentó la muchacha.

–No te preocupes. Prométeme que me entregarás al primer hijo que tengas con el rey –pidió el hombrecillo.

La pobre muchacha estaba tan asustada que, no sabiendo cómo salir del paso, se lo prometió. Y el hombrecillo, como en noches anteriores, volvió a hilar la paja en oro.

El rey cumplió su promesa y se casó con la hija del molinero.

Al cabo de un año, la reina trajo al mundo un hermoso niño que llenó de alegría a todos. La reina ya había olvidado la promesa hecha al hombrecillo, pero él no, y se presentó en su habitación.

—Vengo a por lo que me habías prometido.

La reina, con gran tristeza, le propuso que pidiera lo que quisiera: riquezas, tierras, castillos…, pero que le dejara a su hijo.

—Yo solo quiero lo que me habías prometido —insistió el hombrecillo.

Y tanto lloró la pobre reina que ablandó el corazón del enano.

—Vamos a hacer un trato: te doy tres días para que averigües mi nombre —dijo el hombrecillo—, y si en ese tiempo no lo consigues, me llevaré a tu hijo.

La reina se pasó toda la noche recordando los nombres que conocía, por raros que estos fueran, y también mandó preguntar a los súbditos sus nombres y los de sus abuelos y bisabuelos.

Cuando a la noche siguiente se presentó el hombrecillo, la reina fue diciendo, uno a uno, todos los nombres recordados. Pero a cada uno que decía, el hombrecillo daba un salto y decía:

—¡No, no, así no me llamo!

Al día siguiente, la reina mandó mensajeros por todo el reino para que la informaran de todos los nombres habidos y por haber. Cuando llegó la segunda noche, los fue diciendo:

—Te llamas Rigoberto.

—¡No, no, así no me llamo!

—Entonces, te llamas Torisbundo.

–¡Que no, que no, que así no me llamo! –decía, y saltaba al mismo tiempo.

Al día siguiente, el rey vino de una montería y le dijo a la reina:

–Hoy me ha pasado una cosa muy extraña cuando cazaba en el bosque. En un claro, había un hombrecillo que daba saltos y cantaba:

Esta noche, sin tardanza,
me llevaré al pequeñín.
Nadie sabe que me llamo
el Enano Saltarín.

La reina no dijo nada, pero su corazón saltó de alegría y esperó la llegada de la noche con impaciencia. Cuando apareció el hombrecillo, empezó a decir nombres:

–Te llamas Ataúlfo.

–¡No, no me llamo así!

–Te llamas Filomeno.

–¡Que no, que no, que no me llamo así! –saltaba contento el hombrecillo.

Después de decir muchos nombres, la reina dijo por fin:

–Entonces, te llamas… ¡Enano Saltarín!

Y, al oírlo, el hombrecillo se enfureció tanto que empezó a dar patadas en el suelo y, entre una humareda, desapareció para siempre.

El zapatero y los duendes

Esto era un zapatero que, pese a trabajar mucho, era tan pobre que llegó el día en que no tenía más que un pedazo de piel para hacer un par de zapatos.

Y es que aquellos eran también tiempos en los que la honradez y el trabajo no siempre tenían su recompensa.

—Si me equivoco y corto mal la piel —le dijo esa noche el zapatero a su mujer—, no podré hacer los zapatos que me han encargado y no tendremos ni para comer. Así que lo dejaré para mañana y, con la luz del día, veré mejor.

Apagó la vela y se fueron a acostar con el estómago a medio llenar, pero con la conciencia tranquila de la buena gente.

A la mañana siguiente, cuando el zapatero se disponía a comenzar su trabajo, vio que, sobre el banco en el que había dejado la piel y las herramientas, estaba el más hermoso par de zapatos que jamás había visto en sus muchos años de zapatero.

—¡Ven, mujer! —llamó, sorprendido—. ¡Mira qué par de zapatos ha aparecido aquí!

—¿Y quién ha podido ponerlos ahí? —se asombró la mujer.

—No lo sé —dijo el zapatero—. Debemos de tener algún generoso y desconocido amigo que nos ha querido favorecer.

Esa misma mañana vendió los zapatos y, con lo que le dieron, se fue a la ciudad y compró piel y materiales para hacer dos pares más. Cuando regresó, como era ya muy tarde, lo dejó todo sobre el banco de trabajo y, bostezando, dijo:

—¡Mañana será otro día!

Al amanecer, el zapatero bajó al taller y, para su sorpresa, igual que el día anterior, sobre el banco encontró dos hermosos pares de zapatos completamente acabados.

Y así continuó sucediendo durante las noches sucesivas. No importaba que las piezas de piel fueran muchas: todas las mañanas aparecían los zapatos hechos. Y tantos fueron que el zapatero se hizo rico, porque su fama se extendió y todos los habitantes del pueblo y de la ciudad querían tener un par de zapatos hechos por él.

El zapatero y su mujer, aunque tenían mucha curiosidad por saber quién los favorecía de ese modo, no se habían atrevido a intentar descubrirlo. Pero una tarde, pocos días antes de la Navidad, esos días en que la gente parece volverse más generosa, la mujer del zapatero dijo:

—Me gustaría saber quién está haciendo esto. Así se lo podríamos agradecer.

—Tienes razón —asintió el zapatero—. Esta noche, con mucho cuidado, nos esconderemos debajo del hueco de la escalera y veremos quién hace los zapatos.

Cuando llegó la hora, el zapatero y su mujer, después de apagar la vela, hicieron lo que habían previsto. En el momento en que daba la última campanada de la medianoche en el reloj de la plaza del pueblo, se abrió la puerta del taller y por ella entraron dos diminutos personajes. Se subieron al banco del zapatero y comenzaron a cortar y a coser, tan rápidamente que, cuando las primeras luces del día entraron por la ventana, habían terminado. Luego, en silencio, como habían llegado, se marcharon.

Entonces, el zapatero y su mujer salieron del hueco de la escalera.

—Bueno, ya sabemos quiénes nos favorecen —dijo el zapatero—. Pero ¿cómo podríamos agradecérselo?

—No sé si te has dado cuenta de lo viejos y remendados que están sus vestidos —advirtió la mujer—. ¡Les voy a hacer unos trajes nuevos!

–¡Pues yo les haré unos zapatitos! Los pobres, pese a hacer tantos zapatos para nosotros, iban descalzos.

Y los dos se pusieron manos a la obra. El día de Nochebuena, el zapatero había terminado unos primorosos zapatitos con la piel más suave que había encontrado. También la mujer les había hecho unos calzones azules, unas casacas rojas con botones dorados y unos gorros puntiagudos.

Era la víspera de Navidad, y aquella noche no les dejaron piel para trabajar, sino los hermosos regalos que con tanto cariño habían hecho.

Como en noches anteriores, al dar la última campanada de las doce, aparecieron los duendecillos y, al ver aquellos trajes y los zapatos, se pusieron a dar saltos de alegría. Se vistieron y luego se pusieron a cantar:

Con calzones y casacas,
con zapatos y sombreros,
nos han hecho caballeros.
¿Para qué ser zapateros?

Y más contentos que unas pascuas, danzando y cantando, salieron del taller.

A partir de aquella noche, a los duendecillos no se los volvió a ver. Pero al zapatero y a su mujer, que no eran avariciosos, no les importó demasiado porque, con lo que habían sacado con el trabajo de los duendecillos y la fama de sus zapatos, ya no les faltó trabajo y la vida les fue muy bien hasta el fin de sus días.

❦ *El soldadito de plomo* ❦

Esto era una casa en la que había tantos juguetes que necesitaban una habitación solo para ellos.

El último juguete en llegar fue una caja de veinticinco soldaditos de plomo, cada uno de ellos con su arma al hombro y su uniforme de pantalón azul y guerrera roja, adornada con charreteras doradas y brillantes, y un hermoso gorro negro de gala. Todos los soldaditos se parecían uno a otro como una gota de agua a otra gota de agua. Solo había un soldadito diferente a los demás. Fue el último en fundirse y, como no hubo plomo suficiente para completarlo, le faltaba una pierna. Pero a pesar de ello, el soldadito se sostenía firme y marcial como cualquiera de los demás, e incluso mejor.

Esa tarde, el niño al que habían regalado los soldaditos puso alineados a los veinticinco junto a otros juguetes, y estuvo jugando a las guerras con ellos. Los colocó cerca de un castillo, en cuya puerta estaba una bailarina de madera con su tutú y una cinta azul, que tenía en su centro una brillante lentejuela de gran tamaño.

La bailarina era tan elegante y graciosa que el soldadito de una sola pierna, en cuanto la vio, se enamoró y no tenía ojos más que para ella.

—¡Qué hermosa es! —suspiró—. Me casaría con ella… Pero yo soy un humilde soldado al que le falta una pierna, y ella parece tan distinguida…

Llegó la hora de cenar y el niño guardó los soldados de plomo en la caja. Solo el soldadito de una sola pierna se quedó fuera, oculto detrás de una caja negra, admirando a la bella bailarina.

Dieron las campanadas de la medianoche, que es la hora en la que los juguetes toman vida mientras los niños duermen en sus camas, y de la caja negra, por sorpresa, salió disparado un duendecillo negro de nariz roja que asustó al soldadito.

—¡Eh, soldado! ¿Se puede saber qué es lo que miras? —le preguntó malhumorado el duendecillo negro.

Pero el soldadito no le hizo caso y siguió mirando a la bailarina.

—¡Ya verás la que te espera! —dijo entre dientes el duendecillo.

La mañana sorprendió al soldadito apoyado en la ventana. Era domingo y pronto los niños acudieron al cuarto de los juguetes. Al abrirse la puerta, una corriente de aire (¿o fue quizá obra del malvado duendecillo negro?) hizo que la ventana se abriera violentamente de par en par y el soldadito saliera despedido desde el segundo piso a la calle. El pobre pensó que aquel era su fin, pero, por suerte, cayó de cabeza y su bayoneta quedó clavada entre dos adoquines, sin dañarle ni estropearle su precioso uniforme. Claro que, por más que lo intentó, tampoco pudo ponerse en pie y tuvo que soportar un tremendo aguacero que convirtió la calle en un arroyo.

Acertaron a pasar por allí dos pilluelos que, al verlo, gritaron con alegría:

—¡Un soldado de plomo! ¡Será el capitán de nuestro barco!

Con la hoja de un periódico hicieron un barco y sobre él subieron al soldadito. El barco navegó durante un buen rato por las arroyadas de la calle hasta que llegó a la boca de una alcantarilla y allí se precipitó. El soldadito de plomo se mantuvo firme, sin inclinarse para ningún lado, pero se llevó un gran susto cuando vio a una enorme rata que le seguía al mismo tiempo que gritaba:

—¡A ver, soldado, tu pasaporte!

El barco siguió navegando cada vez a más velocidad y la rata no pudo alcanzarlo. De pronto, barco y soldado cayeron por lo que ellos creyeron una catarata, que no era sino el desagüe de las alcantarillas, y se encontraron navegando por un ancho río.

El barco, como era de papel, se fue humedeciendo y, al poco tiempo, se deshizo. Entonces, el soldadito cayó al agua y fue descendiendo cada vez a más profundidad.

—¡Este será mi fin! —exclamó mientras pensaba en la hermosa bailarina.

Y en ella pensaba cuando un enorme pez se lo tragó y todo se volvió oscuro.

Quiso la suerte, no sé si buena o mala, que un pescador pescara aquel pez y lo llevara a vender al mercado de la ciudad. Allí, la cocinera de la casa de los juguetes lo compró y lo llevó a la cocina. Cuando abrieron el vientre del pez, apareció el soldadito de plomo.

La cocinera, muy contenta, lo cogió, lo limpió con un paño y corrió a dárselo al niño. Todos se maravillaron de aquel hallazgo e imaginaron las muchas aventuras que habría tenido que vivir el soldadito. Pero, como estaba distraído con un nuevo juguete, el niño lo dejó sobre la mesa.

El soldadito de plomo se emocionó al volver a encontrarse con los demás juguetes y su corazón le golpeó en el pecho como un martillo al ver a su bailarina. Allí estaba, danzando y danzando sin cesar sobre una diminuta zapatilla, de tal manera que parecía que, como él, solo tenía una pierna. Casi se le saltaron las lágrimas, pero recordó que era un soldado y los soldados no podían llorar, y menos si eran de plomo. ¡Qué bella estaba! Erguido, firme, con su fusil al hombro y su hermoso uniforme rojo y azul, la miró dulcemente y la bailarina de madera le devolvió la mirada, aunque ninguno de los dos llegó a decir nada.

Pero, ¡ay!, el destino o el maleficio del duendecillo negro quiso que uno de los niños pequeños de la casa cogiera al soldadito y lo arrojara a la estufa.

El pobre soldado sintió un calor intenso y notó que su cuerpo se ablandaba cada vez más y su uniforme perdía los colores. Entonces miró a su bailarina y ella también le miró, y aunque se estaba fundiendo, apretó el fusil con todas sus fuerzas.

Y en ese momento se abrió una puerta y una corriente de aire llevó a la bailarina junto al soldadito de plomo, y su cuerpo de madera ardió en una llamarada.

A la mañana siguiente, una criada recogió las cenizas de la estufa, y del soldado y la bailarina solo encontró un pequeño corazón de plomo y una lentejuela.

⤙ *El flautista de Hamelín* ⤚

En tiempos muy lejanos existió
una ciudad próspera y hermosa
llamada Hamelín, cuyos habitantes
vivían felices.

Pero ocurrió que una plaga de ratones invadió la ciudad y comenzó
a dar quebraderos de cabeza. Nada quedaba a salvo de aquellos
animales: ni los graneros de trigo, ni los libros de las bibliotecas,
ni los vestidos de los arcones, ni las provisiones de los sótanos,
ni las mercancías de las tiendas. Había ratones por todas partes:
en los sótanos, en las buhardillas, y también se paseaban por las
calles sin que nadie pudiera evitarlo. Se pusieron ratoneras de todo
tipo y se trajeron más gatos del extranjero, pero ni lo uno ni lo otro
dio resultado alguno.

A tanto llegó la desesperación de los habitantes de Hamelín
que el alcalde de la ciudad prometió una recompensa de cien
monedas de oro a aquel que lograra librarlos de la terrible plaga
de roedores.

Algunos, atraídos por la recompensa, lo intentaron: trajeron mil
raros inventos y lanzaron cientos de conjuros. Pero todos fracasaron
y cada vez había más roedores.

Un día, en las calles de Hamelín apareció un extraño personaje, alto y muy delgado, con una capa, una pluma en el sombrero y una flauta bajo el brazo. Se dirigió al ayuntamiento y pidió hablar con el alcalde.

–¿Qué desea, caballero? –preguntó este.

–Señor alcalde, vengo a libraros de esos ratones que tanto os fastidian –dijo el forastero.

–¿Y cómo lo haréis? –quiso saber el alcalde, que desconfiaba después de haber visto fracasar a tantos otros que habían prometido lo mismo.

–Eso es cuenta mía. Yo os libro de los ratones y vos me pagáis la recompensa prometida –respondió altivo el hombre de la capa y la pluma en el sombrero.

–¡De acuerdo! –aceptó el alcalde–. Tú líbranos de los ratones y tendrás las cien monedas de oro.

El forastero fue a la plaza de la ciudad y comenzó a tocar su flauta. Al instante, al oír aquella melodía, de las alcantarillas, de las puertas de las casas, de todos los lugares imaginables, comenzaron a salir ratones y ratones que en poco tiempo, y ante la sorpresa de los habitantes de Hamelín, llenaron la plaza y todas sus calles.

El flautista comenzó a andar y detrás de él fueron los ratones. Cuando llegó a las afueras, se metió en el río y los ratones con él, de modo que todos murieron ahogados. Después, el flautista, con su capa, su pluma en el sombrero y su flauta bajo el brazo, volvió al ayuntamiento y dijo:

–Señor alcalde, yo ya he cumplido mi promesa y os he librado de los ratones. Ahora os toca a vos darme lo prometido.

El alcalde, que una vez que la amenaza de los ratones había desaparecido estaba menos preocupado, le contestó:

—No creo que por tocar esa flauta os merezcáis cien monedas de oro. Conformaos con la mitad.

El flautista insistió en que quería lo que se había convenido y ni una sola moneda menos. Y como no se pusieron de acuerdo, indignado y furioso, el flautista se situó en la misma plaza en la que había congregado a los ratones y comenzó a tocar su flauta. Esta vez la melodía era aún más hermosa, y de todas partes acudieron los niños de Hamelín. El flautista empezó a caminar y todos los niños le siguieron. Atravesaron la ciudad y llegaron hasta el pie de la montaña. Una vez allí, la montaña se abrió y entró en ella toda la comitiva infantil que acompañaba al flautista. Cuando todos estuvieron dentro, la montaña se cerró y nunca más se supo ni del flautista ni de los niños.

Y Hamelín fue desde entonces una ciudad sin ratones, pero triste y solitaria porque le faltaba la presencia y la alegría de los niños.

Índice